텐산 산맥 아래에서

시작시인선 0198 톈산 산맥 아래에서

1판 1쇄 펴낸날 2016년 4월 5일
지은이 최 석
펴낸이 이재무
책임편집 박찬세
디자인 이영은
펴낸곳 (주)천년의시작
등록번호 제301-2012-033호
등록일자 2006년 1월 10일
주소 (04618) 서울시 중구 동호로27길 30, 413호(묵정동, 대학문화원)
전화 02-723-8668
팩스 02-723-8630
홈페이지 www.poempoem.com
이메일 poemsijak@hanmail.net

ISBN 978-89-6021-264-0 04810
      978-89-6021-069-1 04810(세트)

값 9,000원

톈산 산맥 아래에서

최 석

천년의 시작

시인의 말

톈산의 발치에 앉아
고춧잎을 딴다
아무것도 맺지 못한 흰 꽃들
여린 간니들이 갈볕 아래 환하다
오랜 밤을 견딘 기억들이 펼쳐놓으니
허술하기만 하다
조바심을 내던 빈 자루에
칠성무당벌레 한 마리 기어오른다
존재한다는 것은 만만하지 않다
광야가 비어가니
곧 겨울이 올 것이다

2015년 가을 알마티
최 석

차례

시인의 말

제1부

제1부 알마티 이야기

서시

텐산은 늘 거기 있었지만 내게는 보이지 않는다
일 년 내내 한텡그리 봉[1]은 흰 눈을 건처럼
두르고 있지만 보이지 않는다
사는 것이 뭔지
고개를 숙인 채 인상만 찡그린다
검색어만으로 접선이 완료되는 인터넷의 대낮에
두고 온 한국의 친인척과 연고가
끊어지고 있는 사이
끊고 있는 사이
딸과 아들은 유창한 러시아어를 구사하며
국적 없는 세계화의 꿈나무로 자라고
노린내 나는 양고기를 주식처럼 좋아한다
불확실한 미래
아이들에겐 조국이 없다
국적조차 모호하다
비닐봉지에 담긴 김치 한 보시기에
쉬어 꼬부라진 향수병이나 도지는
알마티의 저녁
석양은 지평선 끝에 닿지도 않고
장엄하게 벌개지는데

13

눈만 들면 보이는 톈산의 뭇 봉들이

오늘도 보이지 않는다

내가 보이지 않는다

1 Khan‑Tengri, 톈산 산맥의 산으로 중국, 카자흐스탄, 키르키즈스
탄의 국경에 있다. 지질학적 높이는 6,995m이나 봉우리의 얼음을 포
함한 높이는 7,010m이다. 카자흐스탄에서 가장 높은 산으로 정령의
산이라고 부른다.

부룬다이[1] 가는 길

알마티 시가지를 조금만 벗어나면
가도 가도 끝이 보이지 않는 광야다
기차를 타고 며칠을 달려도 지평선이 보인다
누군들 주눅이 들지 않겠는가
쥐코밥상만 한 한국의 땅덩이에 한숨이 나고
아등바등거리는 오늘의 삶에 눈물이 난다
죽어서도 묻힐 땅조차 없는 우리들
이승에 움집 하나도 내 것이 아닌 바에
죽어 한 줌 재로 날린들 무에 대수겠는가
친했던 고려인의 하관을 마치고 온 후로
부룬다이 모래 한 점 섞이지 않은
대지의 속살을 만지고 난 후로
문득 이곳에 뼈를 묻을 것 같은 예감이 든다
업보이거늘
살고 죽는 일이 어디 내 소관일까 마는

1 알마티 주변 지역으로 공동묘지가 있다.

개양귀비꽃의 소묘

알마티에서 비슈케크로 가는 도로의 풍광은 봄이 최고다
때가 되면 온 들판은 붉은 화냥기를 띤다
개양귀비꽃 일명 우미인초의 발화다
양귀비와 우미인의 경염에 대해 알 바 아니나
미색은 자못 궁금하다
생각할수록 가슴이 울렁거린다. 도대체
저년들은 어디에 숨어 있었을까?
솜털 보송보송한 긴 목 바람에 내맡긴 채
몽롱한 자태로 누웠다 일어서는 꽃들
영판 도화살 오른 화냥년이다
나라까지 말아먹은 년들을 누가 말리겠는가
멀리 있던 톈산이 성큼 다가서고
귀두처럼 도열한 연봉들과 어우러지는 화간
순간 봉우리는 준마처럼 푸들거리고
단내 나는 신음이 들판을 덮는다. 아는가
절정은 단 한 번
다시 오지 않는 법
꽃은 일제히 시들고 봄날은 간다
짧고
빠르다

천 년의 풍경

궁금한 것이 많아 찾아온 문화체험단을 이끌고
우슈토베에 갔다 돌아오는 길
고려 사람은 보지 못하고
지평선 위에 걸친 일몰을 본다.
아마도 이 늙은 풍경은 천 년 전이나
지금이나 별반 다르지 않았을 것이다

해는 괄약근의 끝에서
이승의 마지막 날인 듯 지글지글 끓는다
불쏘시개가 된 갈대숲을 태우고
바닷물이 빠져나간 땅에서 날아오른
가오리 구름을 휘감는다
다 타고 나면 무엇이 남는 것일까

도대체 숨을 곳이 없는 벌판
키 작은 풀만이 가득한데
여자들 몇은 낮은 수로에 앉고
남자들은 차 뒤에 서서 방뇨를 한다
거대하고
허황한 일몰의 풍경

오래오래 참았을 사랑이 있다면 보이리
서쪽으로 서쪽으로
길이 열리고
오래 오래 참아낸 사람들이 쏟아내는
누대의 물소리
농익은
흰 달

봉분의 역사

저건 아직 녹지 못한 눈밭이 아니다
저건 찰랑찰랑
해삼위海蔘威[1]의 동해 바다
잔물결이 아니다
청금 백금[2] 흩날리는 상치르치크[3] 구역
꼴호즈의 벌판이 아니다
김만삼[4]의 흰머리가 아니다
흰 수건 동여매고 고본질에 나선
고려 사람들이 아니다
춘향의 추임새로 사랑가를 부르는
리함덕[5]이 아니다 저건
그러니까 저건
무덤이다
그냥 무덤들이다
죽어서도 이름을 찾지 못한
이 세르게이
윤 뾰드르의 무덤들이다
어스름 겨울 저녁
물 한 잔 얻어 먹지 못한
귀신들이다 그것들이 우는

울음소리다

1 블라디보스토크海蔘威. 해삼이 많이 잡혀서 해삼위라고 불렀다.
2 청금:케냐프, 아마의 일종./ 백금:목화.
3 우즈베키스탄 타쉬켄트 주변의 지명.
4 구소련의 유명했던 고려인 노동 영웅.
5 고려극장의 대표적인 배우. 춘향전에서 춘향의 배역을 맡아 오랫동안
  연기하였다.

더께에 대하여

알마티 가가리나 115번지
여기가 우리 집
아들 현상이가 착상이 되었을 때 이사와
이제 일곱 살이 되었으니 우리는
이곳에서 8년째 살고 있는 셈이다
아이들에게는 고향과 진배없지만
나는 언제나 낯설다
오래 살아도 삶에 더께가 끼지 않는다
인간들이 낯설고 땅이 낯설다
냄새가 낯설고 맛이 낯설다
체위가 낯설고 오르가슴이 낯설다
낯설음은 불안함이고
낯설음은 극단적 선택을 강요한다
끝내 아내가 낯설고
내가 낯설다
낯설음에 대한 익숙함
그것은 삶의 더께가 아니고 관성일 뿐이다
물이 끓고 있다
주전자 속에서 달아나려 하는
수많은 세월의 미립자들. 하모니카

소리를 내며 몰려나오는 수증기처럼
간혹 깨끗이 증발해버렸으면 싶다
허옇게 둘러붙은 석회 앙금
박박 문질러도 지워지지 않는데
그것이 내 삶의 더께일까?

귀뚜라미 보일러

방바닥에 귀를 대면 물소리가 들린다
겨울은 우랄스크에서 침켄트[1]까지
거대한 한랭전선을 펼쳐놓고
싸락 싸라락 재티 눈을 퍼붓는다
마을도 고립되고 기억조차 고립되는 카자흐
밤은 얼어붙고 귀뚜라미
보일러만이 일을 한다 졸졸졸
혈관을 타고 흐르는 세월처럼
따뜻한 추억이 그 속에 녹아 있다
이불 속에 다리를 섞은 채
식구들과 함께하는 평안
아이들은 방바닥에 누워 꿈을 꾸고
아내는 미니시리즈 연속극에 빠져든다
반쯤 감긴 눈 세상의 진실은 비몽사몽이다
이루어질 수 없는 사랑의 현실과
이루어야 하는 사랑의 비장함
젊은 여주인공은 괴로워하는데
젊어지고 싶은 아내는 더 괴로워하는데
저 여주인공은 왜 이리 아름다운가
나도 덩달아 괴롭다

뿌리치기 싫은 오늘 밤의 따스함
과분한 행복이 느끼하지만은 않은데
훌쩍거리는 애정의 조건은 남의 문제일 뿐
아내여
지금 우리에게 중요한 것은 꿈을 깨지 않는 것
따스함을 함께 나누는 것 그대
배에 귀를 기울이면 물소리가 들린다
고통도 절망도 아름다운 바위가 되고
깊어졌다 휘돌아 나가는 계곡이 되는
물소리 들린다 어이
깊지 않으랴

1 카자흐스탄 남부에 있는 도시.

24

그리운 최영 장군

"황금을 보기를 돌같이 하라 이르신 어버이 뜻을 받들어……" 어릴 적 가을 운동회 때 기마전을 하며 부르던 출정가 그 이름 최영 장군의 노래가 생각난다 황금 아름다운 황금 지금 내 어찌 돌과 같이 보이겠는가 돈만 있으면 오래전에 죽은 최영 장군도 불러올 수 있는데 나는 무능하고 사업은 엉망이고 돈을 쑤셔 넣을 구멍은 널려 있다 물질은 나의 정신을 지배한다

알마티에선 정치도 경제도 무용지물이다 다른 나라 이야기다 보따리 장사는 보따리를 잃어 먹지 않는 것이 중요하고 밥장사는 단골손님이 대통령보다 높다 때문에 사람들은 정치 얘기를 하면 대가리를 흔들어대고 경제 얘기를 하면 인상을 쓴다 대번에 욕이 나온다 정치는 개와 동격이고 황금만이 지고지순한 선이다

최영 장군도 불러오고 싶고

이순신 장군도 불러오고 싶고

희대의 살인마 김대두도 생각나고

고문의 달인 이근안이도 필요하다

무서운 사람이 없다 다들 잘나기는 했는데

그것이 병이다

큰 병이다

산해진미론

강렬한 햇볕이 자랑인 알마티. 역광을 받으며
매장의 유리창 밖에 루스키의 젊은 여자가 서 있다
저 여자의 눈에는 윈도우가 단순히 거울로 보일 뿐이다
얼굴을 좌우로 돌리며 화장을 매만지고
옷매무새를 추스르는 여자의 자태는 먹음직스럽다
침을 삼키며 한국의 여자들은 절대
저런 몸매를 가질 수 없다고 단언
화답인가? 여자는 살짝 웃는데
똥꼬 팬티에 둥글고 볼록하고 오목하고
하체는 알맞게 길고 어쩜 살도 붙을 데만⋯⋯
이 저질스런 상상력
남을 훔쳐보는 재미가 이런 것일까
"산해진미도 젓가락이 튼실해야⋯⋯"
이건 도끼질 같은 아내의 단언

알마굴[1]에 대한 비망록

그녀는 열일곱에 딸을 낳았고 그 딸은 열여덟에 또 딸을 낳았다 서른댓의 나이에 할머니가 된 것이다 전혀 할머니답지 않은 그녀 피부는 아직도 탄력을 유지하고 있으며 군살이 붙기는 했지만 발달된 하체를 지니고 있다 그동안 씨가 다른 한 명의 아들과 두 명의 딸을 낳았고 몇 번의 낙태와 유산을 경험했다 문제를 거기서 찾을 필요는 없지만 앞으로 더 이상 아이를 가질 수 없으며 자주 불순한 생리와 아픈 하혈을 경험한다 그런 노화의 징후들로 인해 그녀의 주량은 늘고 있다 심각한 것은 아니다 아직도 풍만한 미소와 남자를 즐겁게 해주는 기술이 있어 주변에는 늘 남자들이 기웃거린다 그녀는 알라를 위해 아니 자신을 위해 하루 다섯 번의 예배를 올리며 좋은 말을 보면 채찍을 들고 초원을 달리고 싶은 야성을 억제하기 힘들다 질주하는 인생은 한 번뿐이며 사랑은 서로 버리기 위한 과정이다 얼마전 체첸의 남자와 새로운 신방을 꾸렸으며 그가 몇 번째 남자인지 잘 기억이 나지 않는다 기억하고 싶지 않다 그녀는 지금 남자에게 가는 중이다

비닐봉다리 손에 쥐고 버스를 기다리는 여자
알마굴이 서 있다

1 Алмагуль, 카자흐 여자의 이름. 알마:사과, 굴:꽃

그라프가 늙는다

그라프

몸도 크지만 대가리가 기형적으로 큰 개

처음 저놈을 만났을 때 눈빛이 형형했었다

그때가 벌써 다섯 살

털은 반지르르하고 골격은 단단하게 바라졌었다

뼈다귀를 삶아주면 밤새

우둑우둑 씹어 삼키는 소리

그 소리를 들으며 우리는 깊은 잠에 들었다

저놈은 우리 집의 수난사를 잘 알고 있다

첫 번째 강도가 들던 날

나를 먼저 물어뜯었고

두 번째 강도가 들던 날은 달아났다

달아났다 아침에 들어왔다

생긴 것과는 다르게 개답지 못한 개

그래도 저놈을 버리지 못했다

첫정이었다

우리의 식구였다 간혹

줄을 끊고 담을 넘어

발정이 난 암캐를 찾아갔고

다음 날이면 상처를 입고 들어와 며칠씩 앓았다

그렇게 십수 년을 혼자서 살고 있다
개에게도 슬픔이 있다
언제부턴가 조금씩 미쳐가고 있는 그라프
비 오는 날은 눈에 광기가 돌고
폐부에서 끌어올리는 소리로
밤새워 운다 깊은 상처가 있었으리라
노쇠한 구도자처럼 구부러진 그라프
그라프가 늙는다
내가 늙는다

매명의 시

벼람빡에 똥칠할 때까지
오래오래 살아야 된다고
그래야 원로가 된다고
대가가 된다고
벌써 십여 년 전 모 시인이
웃자고 한 말 시 쓰는 일도 그렇고
매명의 일도 그렇고
이러구러 패가 풀리지 않으니
서로 바라보며 웃었던 기억
갑자기 씁쓸하다 세월은
어디서 날아와 어느 구멍을 관통해버렸는지
유탄을 맞은 것처럼 휑하다
그러나 정작 유탄에 맞아 숨진
군대 시절 전우는 국립묘지에 안장되었는데
나는 그보다 오래오래 살았어도
개뿔이나 신통한 것이 없다
계급이 강등되듯
희망과 정열은 사라지고
대가의 꿈도
매명의 비참함도 이룬 것이 없다

왜 사냐건 웃지요[1]

1 김상용의 시 「남으로 창을 내겠소」에서.

털 이야기

내가 아는 모 씨는 머리털이 많이 빠졌다
또 후배 하나는 어릴 적부터 흰머리가 극성이다
머리를 많이 써서 신경을 많이 써서 빠진다
희어진다고들 한다
근거가 있는 소리인지 알 수 없지만
때문에 근엄해 보인다
적당히 빠진다면 괜찮을 성싶다 나도
남의 일이라고 이 모양이다
당사자들은 털 때문에 털이 더 빠질 지경인데
쉽게 이야기하고 웃어버린다 사실
누구도 진실의 구덩이를 파보려 하지 않는다
고통의 깊이를 재보지 않는다 그러니
털이 빠지거나 희어지는 일이 신기할 것도 없다
보이는 것이 이 지경이라면 보이지 않는 곳은 오죽할까
간은 기름에 절고
위장은 헐어 목구멍으로 신물이 올라온다
전립선이 붓고 오줌발은 약해지고
혹사당한 유방에선 갑자기 종양이 감지된다
욕망이란
사용할수록 강해지는 것이 아니라 약해지는 것

채워지지 않을 때가 적당하다
나는 용케 털이 빠지거나 희어지지 않았다
엉기지 않는 밀반죽처럼
사유의 농도가 묽은 모양이다
다만 밑이 문제다
양지 녘에서 방뇨하다 들켜버린 흰 털들
어쩌다 반백의 나이를 저리로 처먹었단 말인가

부음

나는 스트레스를 받으면 텃밭에 나간다
하는 일이라는 게
단순히 잡초를 뽑는다든지
고추 대에 북을 돋우는 것이 고작이지만
땡볕이라도 그 일이 즐겁다
식구들마저 촌놈의 근성으로 치부하는 눈치지만
옛말 그른 것이 어디 있는가
땅은 아니 흙은 거짓말을 않는다
뿌린 대로 나온다
정성대로 큰다
거기서 배우는 때늦은 사랑법
새로운 씨앗이라면 뭐든 뿌려보고 싶다
새로운 기쁨이 싹을 틔울 것 같다 오늘
그대의 소식을 듣는다
땅에 묻는다
꽃으로 피지 못한
그대는 어떤 꽃이었을까?

저 푸른 초원 위에

유르따[1]가 한 채 서 있다
그림같이 서 있다
말총머리에 건강한 처자가 그 옆에 서 있다
남진이가 봤으면 울고 갔을 풍경
자세히 보면 땟국이 줄줄 흐르는 양 떼들
게으르게 풀을 뜯는다 그렇게 뜯어 먹으면
저 넓은 들판의 풀은 언제 다 먹어 치울까?
걱정스럽다
가던 길 멈추고 서서 별놈의 생각을 다한다
들판의 양들은 몇 마리쯤 될까?
한 마리에 얼만가?
엉뚱하게도 저 여자의 가치를 따지고 있는 중이다
유르따 한 채면
저 넓은 평원이 자기의 앞마당이 되고
어린 왕자처럼 앉은 자리에서
지평선 끝에서 떠오르는 아침 해와
지평선 끝으로 사라지는 일몰을 다 볼 수 있는데
이 패 죽이고 싶은 배금주의
닭장 같은 아파트와 비교하고 있다
그렇다면 지금 나는 얼만가?

누르락붉으락 혼자 부끄러워하는 사이
이방인의 속내를 아는지 모르는지 휘이익
허공에 빈 채찍을 한 번 휘두르며
양 떼를 모으고 있다

1 이동식 천막집.

차를 마시며

톈산의 눈 속 낡은 집이
차를 마신다 보성에서 채집한
곡우의 봄소식은 아직 쌉쌀하고 춥다
창밖에는 카자흐의 초원에서
몰려오는 눈발이 조용히 나리고
나리다가 지겨우면
창문에 이마를 대고 들여다본다

차를 마시며
간혹 순천만을 적시고
지리산 자락으로 올라가는 찬바람 소리와
불순한 운주사
천불천탑의 꿈을 덮던
속 너른 눈발이 보일 듯도 하지만
아무것도 보여주지 않는다
그로 인해 세상의 모든 것은 쌓인다
슬픔이 쌓이고
얼굴이 쌓인다

보성차가 끓는다

구중구포의 숨결이 부대끼며 끓는다
톈산 북로의 말 울음소리와
결기 푸른 대숲의 바람 소리를
교접하려는 단꿈이
혼자서
끓는다

김 가이의 봄

우슈토베의 농법은 진보하지 않는다
한때는 레닌의 이름을 붙였던 꼴호즈 언저리에
김해나 경주쯤이 본관이었을 김 가이가
씨를 덮는다 고집도 없이
밋밋한 사람처럼
땅을 헤집고 씨앗을 덮는다
동쪽의 끝에서 기차를 타고 왔을 흑역사를
덮고 또 덮어서 싹을 틔운다
갈무리된 순한 눈빛은 씨감자마냥 동그랗다
남도 어디선가 만났을 법한 동무
김 가이의 덩이줄기가 궁금했지만
캐낼 것이 없는 마른 기침뿐
그는 우스토벤스키[1]
진보하지 않는 저 땅으로 들어갈 것이다
쏟아져 있는 씨감자들이
촉수를 틔우고 있는
김 가이의
텃밭

1 우슈토베의 사람.

39

해방 60주년의 점심 식사

흘레브
고려인들은 떡이라고 부르는 빵
옛날 봉놋방에 굴러다니던
목침 같다 해방 직후
소련군이 그랬다는 것처럼 사실
그것을 베고 잠을 자본 적도 있었다
깨어나서 뜯어먹어 본 적도 있었다
오늘 점심으로
고려인 통역 아줌마와 함께
흘레브를 먹는다
한민족의 근현대사를 먹는다
그녀는 떡을 먹는 것이고
나는 빵을 먹는다
그녀는 고기에 곁들여 먹고
나는 김치를 얹어서 먹고
그녀는 일용할 양식을 먹고
나는 대용식을 먹는다
바라보며 멋쩍게 웃는다
같은 피를 가졌어도
서로 신토불이다

고려인을 위하여

중앙아시아에서는 스스로 고려인이라 부른다
그들에게는 조국이 없다
없어져버렸다
원동遠東에서 기차에 실려
화물칸에 실려
뾰쪽한 송곳처럼 서서
분노를 세우고
공포를 세우고
도착지도 모른 채 뿌려진 곳
중앙아시아 눈이 부신 햇살 아래 펼쳐진
소금꽃 핀 광야를 보며
눈물을 흘렸다는 곳
아직도 그들이 산다
두더지처럼 땅굴을 파고 살던 그들이
이제는 번듯한 집에서 산다
땅굴 속에서도 죽지 않은 사람들은
장군도 되고 영웅도 되고
가수도 되고 첩이 되기도 했다
그때 핏덩이였던 사람들조차
이제 다 죽었다

원동을 그리며 죽었다

그들의 자식 자식의 자식들이 살아간다

동해물과 백두산을 모르고도 살아간다

그들의 조국은 카자흐스탄이고 우즈베키스탄이다

어쩌면 원동일지도 모른다

원동에 가면 조선이 보이고 한국이 보인다

제발 신파조로 그들을 대하지 마라

고려인은 눈물을 싫어한다

마경준 동무를 곡함

고려인 인명 자료를 뒤적이다 만난 사람
강제 이주의 열차를 타고 서쪽으로
서쪽으로 36일을 달려와
흰 눈밭에 빨간 피를 한 움큼 뱉어낸 사람
추웠다던 그 겨울
잘 먹어야 낫는 구멍 난 폐 덩어리를 품으며
죽지 않고 살아남은 사람 그러하거늘
크즐오르다[1] 부르노예 정거장 부근에서
불행히 세상을 떠난 사람
질긴 한 목숨이었거늘
인명록에 기록할 만한 사유가 없어
잊혀져야 하는
1938년 6월 10일 레닌기치의 역사歷史[2]
빠알간 개양귀비꽃 벌판에서
돌림병처럼 꽃대를 올리는
마경준
동무

1 카자흐스탄의 도시. 강제 이주 초기 고려인의 문화중심지였다.

2 『레닌기치』신문 1938년 6월 10일자에 실린 마경준의 부고 참조.

하여가

카자흐 사람들은 우리 보고
마늘 냄새가 난다 하고
우리는 도리어 노린내가 난다 하고
양파 냄새가 난다 하고
식재료가 다르니
어쩔 수 없는 노릇이다
그러나 살다 보면 무뎌지는 법
이젠 양고기도 제법 먹는다
만수산 드렁칡이 얽혀진들 별게 아니다
벌써 카자흐인과 한국인의 교배종이
땅 위에 등장한 지 오래
애비의 성을 따르든
에미의 성을 따르든
결국 카자흐인이 된다
된장국을 끓인다
알마티의 애호박과 타쉬겐트에서 실어온 감자
남해 바다 멸치에 고려인 된장을 넣어 끓인
애매모호한 국물 끓일수록
진해지는 한민족의 눈물처럼
몸속 깊숙이 된장의 냄새가 든다

홍범도를 그리며

늙은 포수가 눈밭을 헤치며 가고 있다
이미 무릎까지 차오르는 눈
길은 사라지고
체온을 나누어줄 동행조차 없다
달빛은 폭약처럼 부서져
사방에 내려앉고 놀란
장끼 한 마리 눈밭에 쑤셔 박힌다

아무도 가지 않았으리
길 잃은 세상 기치 끝에
핏물의 고드름이 반짝거리는데
무리를 이끄는 일
신세계로 나아가는 일
그것이 대장부의 삶이었거늘
애재라
애재라 흔적을 지우는 일
그 또한 삶이 아닌가
나를 세우지 마라
나를 따르지 마라
앞서 나간 죄 갚을 길 없네

너무 오래 살은 죄
씻을 길 없네

지나온 길
돌아보고 또 돌아보고
개털 모자를 뒤집어쓴 늙은이 하나
몽당비 한 자루로
지나온 발자국을 지우고 있다

한 여인의 짧은 기록

전생에 말이었을 것이다
또한 다음 생에도 말로 돌아갔을 것이다
내 어찌 그녀의 생애를 알 수 있을 것이냐
껑충거리는 모습으로 다가와
아주 나지막한 소리로 말을 건네던
짧은 시간의 조우 터질 듯했던
엉덩이 살은 어딘가에 다 잃어버리고
쪼그린 빈 꽃병
지쳐 헐떡거리는 고통 뒤에 숨겨진
눈물의 깊이를 헤아릴 뿐
"열무김치는 소금을 살짝 뿌린 뒤
풀을 쑤어 담가야 풋내가 안 나고……"
한 됫박의 쌀을 나누고
한 잔의 술을 둘로 나누고
외로움마저 둘로 나누어야 했던
짧은 시간의 추억만을 공유한다
왜 영화가 없었을까 사랑이 없었을까 보냐
말처럼 뛰어다니던 아름답던 처녀
슬픔이 강한 스파이크 되어 내리꽂힐 때
온몸으로 받아 내던 백치의 처녀를 기억한다

껑충거리며 환호하던 승리자로서의

그녀를 기억한다

아름다웠노라고 정녕 아름다웠노라고

그녀는 톈산과 광활한 평원이 펼쳐진 언덕 위에

곤한 육신을 풀었다 서러워 곡해줄 자식조차 없어

광야를 맴돌던 말들이 울어주어야 했고 살찐

까마귀들이 떠나지 않는다

살아서 불리던 이름

윤영내¹다

---

1 윤영내(1952~2004), 1980년대 한국 여자 배구 국가대표 선수. 부룬디
  이 묘역에 안장되어 있다.

모정의 세월

담장 밑에 지난가을 따지 못한 못나 터진 호박들이
매달려 있다 퇴화된 각질의 어머니 젖처럼
쭈그러들었다 이파리도 없이 여기저기 걸쳐 있는
덩굴 살아온 흔적을 다 드러내놓고
한때 푸르른 날도 있었으리니
우리 어머니
아직도 우리를 매달고 계신다

뚜르겐스키 적포도주

초저녁 포플러 마른 가지 사이로 걸려 있는 달이
중년 부인의 엉덩이처럼 크고 펑퍼짐하다
풍만한 한가위
송편과 탕국을 앞에 두고
뚜르겐스키 적포도주를 홀짝거린다
위를 타고 내려가는 취기가 짠하다
이제 돈 버는 일도 쓰는 일도
적당히 탄력이 붙을 만한 나이 그러나
만만한 일은 하나도 없는데
한두 잔의 포도주에 세상은 돈짝만 해 보인다
어느새 각진 모서리가 뭉그러져 있고
미워하는 일조차도 지겹다
뚜르겐
뜨거운 일광을 가두어
붉은빛의 포도가 익어가는 호시절
풋김치같이 아삭거리는 그리움이
어딘가에 있을 것만 같은데
돌아다보면 풀벌레조차 숨을 죽이고
길게 드리워진 내 그림자뿐
어쩌자고 대체 어쩌자고

저 달만 푼수 없이 크고 밝은가
일 년에 한 번만이라도
고향집 마루 위에서 바라보던 논산평야
얼큰한 풍년가와 두고 온 사람들의 얼굴을
기억해내고 싶은
이 저녁에

개떡

봄이 좋아지기 시작한다
그것도 쌓인 눈을 비껴가며 돋아나는 초봄이
좋다 나이가 들어간다는 증좌
문득 개떡이 먹고 싶다
거무튀튀하고 못생긴 쑥개떡
어머니의 뭉그러진 지문이 남아 있는 쑥개떡
무슨 새참한 맛이 있겠냐마는 지금
먹고 싶은 것은 어릴 적의 그리움 아니냐
다북쑥 소담한 논두렁을 타고
뭉기적뭉기적 넘어오던 봄바람
까르르르 목젖이 보이도록 웃어대던 예닐곱 살
마른버짐 번성한 까까머리 동무들 아니냐
논산시 채운면 새터마을
나싱개 자운영 벌금자리
무성하던 어린 날 들녘으로 돌아가고 싶다
고향을 잊어버린 두 아이들에게
내 어린 날의 봄 이야기를
조곤조곤 들려주고 싶다
"옛날에 저 둠벙 속에는 이무기가 한 마리 살았었는데⋯⋯"
새로운 봄 이야기를 만들어주고 싶다

아마도 내가 내게 하고 싶은 이야기일 것이다

아버지

요 며칠 꿈자리가 뒤숭숭하다. 오래전에
돌아가신 아버지께서 자주 나타나신다
말이 없으시다
뒷모습만 보여주신다
아부지 아부지 어디가?
유년의 나는 목이 메어 부르지만
휘적휘적 사립문 밖으로 나가버리신다
논에 물꼬를 보러 가실 때의 차림
걷어 올린 종아리에 물때가 반질반질하다
생전에도 남루한 옷만 입으시더니
아직도 근심을 벗어버리시지 못하셨는가
사는 것도 죽는 것도
근심을 쌓아가는 일
이제 내가 그 일을 대신하고 있는데
만 리가 넘는 알마티
묘조차 찾아가지 못하는 아들의 꿈속으로
어이 손수 오시는가
창밖에 이른 봄비가 내리고, 눈물이
베갯잇을 적시는 새벽 나는
버드나무 곱게 늘어진 어릴 적 옛집

사립문 밖에 서서
아버지를 기다리고 있다

고슴도치의 시

　현상이는 내가 늦게 얻은 자식 만으로 일곱 살이다 말도 징그럽게도 안 들을 나이 그래도 하루가 다르게 크는 재미가 쏠쏠하다 그놈도 여느 아이와 다를 바 없는 로봇 마니아다 로봇들을 가지고 진종일을 논다 한국 로봇을 가지고 러시아 말로 논다 혼자서 묻고 혼자서 대답하고 레이저 포를 쏘고 적의 부메랑에 맞아 쓰러진다 신기하여라 별난 효과음을 다 낸다 가끔은 저놈이 한국인인지 러시아 사람인지 분간이 안 간다 부끄럽지만 나도 이제 고슴도치 조건 없이 예쁘다 바라느니

　틀을 만들지 말 것

꽃이 피다

아버지가 녹슨 라이터를 닦고 있다
몰골이 많이 상한 라이터
Zippo도 아니고
Zippon이라고 음각되어 있다
논에서 김을 매다가 잃어버린 라이터
나락을 베다가 찾아낸 라이터
한때 반짝이던 광택의 시간도 지워지고
녹물이 번성한 Zippon의 깊은 수심
불이 붙지 않는 아버지를 아버지가 닦고 있다

어느
봄날
일리 강을 따라가는 묵은 길가에서 만나다
붉은 꽃 푸른 꽃
노랗고도 하얀 꽃
Zippon 꽃들
지천이다

이사 가던 날

복사꽃인지 배꽃인지
잘 기억이 나지 않지만 나는
그 봄날을 잊지 못한다
꽃잎 날리는 나무 아래에서 여자는
어린 딸애와 소꿉놀이를 하고 있었다
닭백숙을 시켜놓고
소주를 맥주잔에 따랐다
옅은 황사 속으로
구름이 흘러가고
여린 나무들이 희미해져 가고 있었다
닭발을 열심히 빨던 아이는 행복해 보였고
고기를 발라주던 여자도 행복해 보였다
거기까지가 끝이다 그날
무더기로 호명하던
이혼 판결문이 이제서야 들린다
벌컥벌컥 들이킨 맑은 취기가
낡아가는 기억의 창자를 적시고 있다
계면조로 흘러가는 저 꽃잎
꽃잎들

여름날

노을진 들판을 바라보고 있으면
배가 고프다
논에 피사리 간 아버지와 어머니는
여태 돌아오지 않고
시렁에 놓인 보리밥 소쿠리는 비어 있다
텃밭에 늙은 가지를 따
먹다 집어던지고
아릿한 입맛만 다신다
잠자리를 쫓는 것도
흙장난도 시들해지는 저물녘
뒷집에선 저녁연기 잦아들고
나직한 토장국 냄새
담을 넘어오는데
싸하니 횟배가 아프다
어머니는 언제나 돌아올까?
자꾸만 까치발로 내다보는 들길
저녁해는 먹다 버린
가지 꽁다리만큼도 안 남았다
땅거미에 젖어드는 빈집
기다림에 지쳐 설핏 잠이 든다

어머니 밥 짓는 소리

초저녁 별이 뜨고 있다

자작나무의 시

초봄이다 알마티 이주를 기념하는 자작나무 두 그루를 남향의 담 옆에 심는다 아직은 어린 묘목 웃거름을 덮고 물을 주고 한 켜의 나이테 속에 희망을 담는다

싹이 돋을까? 새순은 잘 자라줄까?

하루가 지나고 한 달이 지나고 해가 바뀐다 겨울이 오고 봄이 간다 낙엽이 지고 눈이 내린다 나는 이제 수첩의 한 귀퉁이에 적은 붉은색 이름들을 지운다 참혹한 날들을 기억하고 싶지 않다

그렇게 역사는 왜곡되고 삶은 아름다워지는 것일까

세월은 누구에게나 공평하지만 아울러 우리의 편은 아니다 젖가슴이 봉긋해지는 아이가 내 딸이듯이 거울에 보이는 마르고 신경질적인 저 중년의 사내가 바로 나듯이

십 년 두 그루의 자작나무는 한 그루만이 살아남았다 키는 이미 지붕을 넘어섰고 속으로부터 차오르는 힘을 견디지 못해 껍질을 벗으며 드러내는 흰 살

무거운 여인 둘이 잠시 그늘에 서 있다

제2부 톈산에서 만나는 동해 바다

실크로드는 없다

천산북로를
넘어온 길은 거기서 멈춰 있었다
소그드[1]로 가는 외곽 도로
아우디 엠블럼을 단 승용차가
양 떼를 덮친 현장을 보다
악사깔[2]들은 수염을 쓰다듬고
낙타도 없는 대상들은 웅성거린다
긴 스키드마크 남기고
여정을 마친 고깃덩어리들
모락모락 김이 나는
구절양장의 길을
개들이 집어먹고 있었다
평이한 일상
당삼채唐三彩를 닮은 저녁 풍경이
사금파리처럼 반짝거린다
그럼에도 불구하고
집으로 오는 길을
당최 찾을 수가 없었다

1 오늘날 우즈베키스탄과 타지키스탄 사이에서 거주하던 이란계 민족
  으로 사마르칸트와 부하라 등의 도시가 근거지였다. 기원전 6세기
  경부터 10세기까지 약 1,500년간 실크로드를 통한 뛰어난 상술로 번
  성했다.
2 Ақ сақалы, 흰 수염이란 뜻으로 카자흐 마을의 원로들을 의미한다.

맛있는 피클

피자집에서 피자를 먹다
물컹한 피클을 먹다 생각을 하다
투명하게 빛났을 스무 살
치렁한 갈색 머리
깊고도 푸른 눈빛을 빛내며
또박또박 깜사몰스카야 거리를 활보했을
러시아의 여인
꼬뮤니스트 갈리나 니꼴라이나
뚱뚱해진 정년을 넘긴 후에야
우리 세탁소의 바지 프레스를 눌렀던 여인
무릎의 지친 흔적을 곱게 펴던
갈리나 니꼴라이나
내 딸애의 입속에 피클을 넣어주던
오 갈리나 니꼴라이나
그녀가 빚은 상큼한 향기
아삭한 피클을 먹을 수 없음에
다시 먹을 수 없음에
눈시울이 시큰하다

예르쟌

우리의 소원은 통일이지만
그의 소원은 경배이다
이름처럼 건강하고 힘센 남자
최소 서너 명의 아내를 거느릴 수 있는
카자흐의 골반조직이 탄탄하다
분명 전사였을 가계의 내력은
노래 속에 감추고

그는 오늘도 알마티로 들어가는 길목
커다란 검은 잎나무 아래에서
발효된 낙타 젖과 수박 몇 덩이를
초원의 지도처럼 펼쳐놓고 있다
바람이 온다
찢어진 무명 알록달록 폴리에스테르
색바랜 머릿수건 조각들이
소란스럽게 보내는 수기신호
그늘에서 되새김질하는 한 필의 말이
달려 나갈 준비를 한다

그의 신은 꽃이고 홀씨이고

한 끼의 식탁에 놓인 빵 한 덩이
시린 반월도
무지개 속으로 날아가는 이교도의 머리채이다
바람이 운다
잔바람 속에서 마른 풀들이
고개를 쳐들고 코란을 암송한다

땅 위에 사는 일은
언제나 경배할 것이 많은 법
그는 오늘도 돔브라를 뜯으며
초원의 역사를 나무에 매달고 있다

낙하의 비밀

늙는다는 것은 붉어지는 일이다
누렇게 돈독이 오르는 일이다
수직의 벽을 타고 오르던 담쟁이 덩굴과
한때는 도톰하던 배나무의 잎들이 늙어가고 있다
나는 알고 있다 세상의 앞뒤는
꼭 같다 올라간다
떨어진다는 같은 말 때문에
수직의 상상력은 붉은 빛이다
고춧대에 붉은 고추
서리 맞은 늙은 호박
캐지 못한 감자 몇 포기
별반 돈이 되지 못하는데
양지 녘에 퍼져 앉아서
고추를 고르고 있는 여자
폐경기의 아내
그리움의 빛깔은 붉기만 하다
그립기도 하겠지요
낮달이 걸려있는 수수꽃다리 뒤편으로
서답을 펼쳐놓은 산자락이 불그레하다

톈산에서 만나는 동해 바다

요거는 동태국
요거는 네덜란드에서 온 수꿈부리야[1]
배소配所의 땅에서는 나름 귀한 것들
먹어봐요
안 먹으면 죽어요
눈이 십 리는 들어간 내게
쥐어주는 숟가락
간간한 갯내가 슬그머니
빈속에 들어앉는다 혹여
캡슐 하나로 한 끼를 때울 수 있다면
우리들의 저녁은
얼마나 서러운 바리때였을까
관음보살의 아우라로 빛나는
그대 뒤로
등 푸른 바다가 걸려 있고
짤랑짤랑 반짝이는
저 금초롱
물고기들

1 скумбрия, 고등어.

새참

"어이 오게나"
허리 굽은 강태수[1]가
찬물에 밥을 말아 먹고 있다

몽롱한 나르꼬지[2] 몇 포기
돌각밭에 기대어 흔들거린다
모다 힘이 든 게지

눈물 콧물 닦고
일찍 뜬 쪽달만
먼 산만 바라보고 있다

1 고려인 시인. 「밭 갈던 아씨에게」 시 한 편으로 21년간 수용소에서
  노동을 했다.
2 대마초 비슷한 것으로 연한 새순을 응달에 말리거나 제조해서 피운다.
  환각작용이 있다고 한다.

독서

손에 잡혔다고 생각했을 때
아무것도 없었다
버퍼링이 느린 유월의 햇살 아래
한 줌의 바람은
서둘러 빠져나간다
오늘 읽어야 하는 독도법은
헛된 사치
차라리 책을 덮는다

초식동물들이 지나는 오후
개들마저 목소리를 다듬으며
길을 만드는데
지천명을 훨 넘어서서도
등고선이 되지 못한다
슬퍼라
위성으로 접신한 알자지라
히잡 속에 빛나는 눈이
내
탐심을 읽는다

톈산 산맥

산맥이 튀어 오른다
하늘을 탐하는
이교의 창검처럼 불안하다
차안에서 피안까지
가야 할 길은 먼데
산맥은 자꾸만 경계를 만든다
원래 저 산은
흉노와 짱깨들이 만든 소도가 아니다
검은 머리 파뿌리 되는
파미르의 속살이 아니다
지구라트를 세우던 습성과
말을 버리고 주먹을 사용하던 관성 때문에
생겨난 저주이다
그런 추가 조항 때문에
간혹 산이 운다

떠도는 냄새

그는 늘 상냥하고 예의가 있었다 자신을 낮추고 목소리를 낮췄다 그림자 같은 사람 어쩌다 우연히 만나 사우나를 함께했으며 몇 번의 술자리에 동참했을 뿐이다 어느 곳에서 만나던지 그냥 편한 사람이었다

어느 날 그가 죽었다 아무도 곁에 없었다 시립 시체안치소에서 시취가 독해질 무렵 그는 냄새로 떠돌기 시작했다 대추나무처럼 뺀질거리는 사기 행각들과 연처럼 걸린 빚 엽기적 섹스와 패륜의 깡통들이 뚜껑을 열었다 길지 않은 한 평생은 단정과 가설로 재조립되었으며 왜곡과 과장의 표피가 입혀졌다 참으로 몹쓸 놈이었다 참으로 몹쓸 세상이었다

그뿐이었다 간혹 술자리나 계 모임에서 마른안주처럼 씹히다가 변기 속으로 빨려 들어가버렸다 그렇게 잠시 동안 알마티에 머물다 영원히 사라졌다 싱겁기 짝이 없는 한 인간의 몰殁

아침이면 화장실로 향한다 어제는 내게 너무 무겁다

75

희망에 대하여

자식들에게조차 장래의 희망에 대해 물을 수가 없다 희망이란 선잠 속에 뒤척이는 춘몽 같기 때문이다 그런 전차로 누군가 나에게 희망이 무엇인가 묻는다면 쭈뼛거리며 부끄러워할 것이다 희망이란 건드리면 커지는 사춘기의 고추 몽정처럼 아득하고 허전하다 누구나 가지는 권리이고 이루지 않아도 되는 의무이기도 하다 그러나 희망 앞에서면 나는 왜 작아지는가

나이가 들수록 작아지는 것이 있다 예를 들면 남자는 고추가 작아지고 여자들은 젖이 쪼그라든다 희망이란 것도 별반 다를 것이 없다 작아지고 쪼그라들어 종내는 묘지의 잡풀 같은 것 「Dust In The Wind」[1] 사라지는 것 내일의 끝을 알면 밥맛이 없다 때문에 희망은 불확실한 미래를 담보로 존재한다

오늘도 아이들은 먹는 만큼 커지고 나는 먹는 만큼 작아진다

1 그룹 Kansas의 노래로 1978년 발표.

고수를 찾아서

왜 무협지 같은 책을 보면 지독한 방귀나 뿡뿡 뀌어 대고 노상 술에 절어 있는 늙은 거지나 외진 산속에 사는 괴팍한 할망구 눈에는 아야 자국이 흉측하고 하반신은 불구가 되어 저잣거리를 기어 다니는 앵벌이 사내 대충 이런 부류의 군상 중에 내공이 엄청 높은 고수가 숨어 있기 마련이다 바야흐로 강호엔 사기가 충만하고 혼돈이 극에 달하는 순간 슬쩍 소매를 흔들어 출수를 하고 일 초식도 보여주지 않은 채 사파의 똘마니들을 제압한다 껄 껄 껄 종적을 감추어버린다

근자에 사람들에게서는 내공이 보이지 않는다 티브이를 켜도 신문을 들춰도 목욕탕에 가도 고수는 보이지 않는다 수많은 등장인물 허우대는 근사하지만 속이 비어 있다 콩 까먹는 소리 씻나락 까먹는 소리만 중후하다 비겁하고 비굴한 과거도 소신 있고 추진력이 강한 무용담이 된다 그러나 나이만 먹는다고 초식만 익힌다고 고수가 되는 것이 아니다 손바닥 뒤집기를 잘하면 줏대가 없고 채신머리도 없다 내공이 없으면 그렇게 되는 법 부지깽이로 개처럼 두들겨 맞고 다닌다

똘마니는 깨우치지 못해서 똘마니다 깨우치지 못한 채 말이 많으니 똘마니다

작금의 강호는 어두운 그림자가 드리워져 있다 군자는

퇴출당하고 인자는 돌림빵을 당하고 있다 같잖은 똘마니들
만 침을 찍찍 뱉으며 저잣거리를 활보한다 고수는 어디 있
는가 쌍심지를 켜고 찾아도 보이지 않는다 범인의 눈으로
는 절대 보이지 않는 법 고수는 어디에나 존재하지만 드러
내지 않을 뿐이다

　　그래서 고수가 그립다

또 고수를 찾아서

  나도 내공이 많이 약해졌다 마누라하고 싸우면 질질 맨다 소리는 먼저 지르고 탐색을 시작하지만 품세도 펼치기 전에 당하는 판정패 어설픈 출수로 죄 없는 접시 깨기 비싼 장판지에 상처나 입히고는 금세 본전 생각한다 '수신제가' 이 말은 어릴 적 아버지께서 내게 내려주신 좌우명인데 제가는 그만두고 수신도 못 했다 아니 여태 손톱도 못 깎고 있다

  내공을 키워야 한다 수신을 해야 한다 새해를 맞으며 결심한 것이지만 그게 어디 쉬운 일인가 제 마누라를 제압하기 위해 내공을 키워야 하는 하수의 어리석음 공력이 오를 리 없고 갈수록 무공의 차이만 벌어진다

  담배 한 갑을 구하기 위해서도 이제 몸보시가 필요하다 예쁜 짓을 해야 한다 낮에는 부지런히 본업에 매진해야 되고 짬을 내어 세탁기도 돌리고 김칫거리도 다듬는다 처음 일삼오칠구에서 삼팔 논산 장날로 이젠 주말 행사로 일정이 바뀌어오긴 했지만 달력에 표를 해야 한다 하수의 당연한 의무 그런 일들이 내게는 가장 큰 화두이다

  당신도 고수가 필요한가?

  돈주머닐 쥐고 있는 저 여자가 바로 고수다

냄비에 대한 편견

아브라함은 이스마엘을 낳고
관념은 편견을 낳는다
냄비는 냄비를 낳고, 냄비는
이미 냄비가 아니다
냄비는 닦고
냄비는 때우고
찌그러져 있어야 냄비다
보라, 휴대용 버너 위에서 엉덩이를
들썩거리는 냄비
쌕쌕거리며 숨을 토하고
사람들이 젓가락을 들고 침을 흘리는 풍경
냄비는 끓고 있을 뿐인데
그저 때를 기다리고 있을 뿐인데
냄비가 자위하고 있는 것처럼 보인다
절정으로 치닫고 있는 것처럼 보인다
관념은 편견을 낳고
편견은 왜곡을 낳는다 때문에
냄비 속에는 아무것도 끓일 수 없다
보라, 창밖으로
한 사내가 걸어간다 아마도

냄비를 사러 가는 중이리라

폼생폼사

내가 살아온 삶이 폼나지 않는 날들이었고
앞으로도 싹수가 노랗기만 한데
죽을 때만큼은 폼나게 죽고 싶다 그러나
어떻게 사는 것이
어떻게 죽는 것이 폼나는 것인지
모르겠다 세밑
눈 덮인 땅을 열고
식은 몸의 한 사내가 누워 있다
아직 절망의 비린내를 풍기고 있는 사내
사람들은 그의 광중에 흙을 뿌린다
돌처럼 얼어붙은 흙덩이는 부서지지도 않는데
우격다짐으로 한 사람의 일생을 덮어버린다
자근자근 밟으며 유기하는 그와의 기억들
이승과 저승의 경계 사이
언뜻언뜻 누군가 눈물을 보인다
지금 지우는 것은 그가 아니라
미구에 자신이기 때문이리라
눈이 내린다
폼나지 않게 살아온 한 사내의 육탈
부대끼다 부대끼다가

갈가리 찢겨져 날리는 저 살점들
금세 만든 자기의 봉분을 덮고
세상의 기억을 덮는다
폼나게
똥폼나게

밭고랑 한 줄을 일궜을 뿐인데……

개들이 짖거나 말거나
쥐들이 천장을 달리거나 말거나
잠이 깨이지 않는 밤
유성은 살구나무 바로 위에서
빗금을 긋다가 사라지고
전화벨은 울다가 울다가 끊어지고
그러거나 말거나
저 천장에 매달린 30촉의 전등은
혼자서 밤을 밝히는데
심난하도다
무거운 꿈을 딛고서
어떻게 저 등을 끈단 말인가
걸어서 세 발자국
멀고도 먼
삼천억 겁의
거리

첫눈

아이구
아이구
소리도 없이 눈은 내린다
시린 등과
구부러진 세월 사이에서
관절들은 엇박자로
소리쳐 울고
아이구
어머니
소리도 없이 겨울이 온다

섬

중앙아시아의 평원이 해저였다는 이유 때문에
길을 따라가는 원경이 깊다
점심으로 먹은 리뾰시카[1]처럼
누렇고 찝찔한 맛이다
저 민둥의 그림 안에서는
까치발을 들면 안 된다
도드라진 것은 칼바람을 맞는다
삭싸울[2]은 마른 땅에서도 잎을 달고
숲이 되길 원했지만 요원하다
자라는 만큼 잘려나간다

잘려진 삭싸울의 화병이
양꼬치를 구워내는 노천 카페
바다는 뜨거운 아궁이 앞에서 출렁이고
발하쉬에서 도착한 김 마리야의 뱃노래가
오수처럼 아련하다
연락선이 들어올 시간
서둘러 인증샷을 전송하는 사람들
간혹 찍힌 산들이 잘려나가고
까마귀의 울음이 바닷새를 닮는다

86

이 동네에서는 높으면 섬이 되기 때문이다

외로움이 깊어지기 때문이다

1 빵의 한 종류.
2 Саксаул, 중앙아시아의 건조 지역과 사막 등에 자생하는 관목으로
육질이 단단하여 땔감으로 사용한다.

비극적 상상력

아랄 해가 사라졌다 밤사이
물고기들이 배를 드러내며 죽어 있고
그 많던 바닷물이 사라져버렸다
바다가 없으니 모두 다 폐선
사람들은 배를 잃었고
배들은 길을 잃었다
길을 잃으면 내일을 잃는다
가야 할 곳을 모른다
차곡차곡 몸속에 쌓이는
염도 높은 먼지
절망은 썩지도 않는 미라가 된다
땅속에서 풍금 소리가 들린다
누구도 들어보지 못한 결코
오늘의 노래는 아니다

KBS World

바람이 분다. 갑자기
비닐봉지들이 놀라 하늘로 날아오른다
꼭쥬베[1] 송신탑을 배경 삼아
먹구름이 걸쳐 있고
흙바람이 도시를 덮는다
공원의 나무들은 일제히 허리를 꺾고
쉬콜라[2]의 여자애들은
치맛자락을 여민다. 결국
비닐봉지 하나가
지붕 위 접시 안테나에 걸려 있다
놀란 새처럼 파르르 떨고 있다
무엇이 두려운 걸까?
최원정 아나운서가 입을 벌린 채
정지 화면으로 떠 있고
결국 6시 내 고향으로
돌아가지 못한다

1 Көк-Төбе, 카자흐어로 푸른 언덕. 한국의 남산처럼 송신탑이 있다.
2 Школа, 초중고의 학교.

소원의 나무

길이 갈린다. 새로운

길로 접어들기가 무서워 나도

나무에 헝겊을 매단다

세상의 모든 색들이 꽃을 피우고

저마다 다른 갈구의 크기

무거워 관절이 휘어지는데

바람이 불 때마다 흔들리는 우리의 꿈들

만개한 소원의 아우성

나무의 신은

무거운 기도를 다 들어줄 수 있을까?

기억이나 하고 있을까?

나뭇잎은 시들거리고

땅은 자꾸 마른다

또 다른 외전

쫄바지를 입고 껌 좀 씹던 시절
관북 칠공주파의 막내는
조직에서 쫓겨난 뒤
새외를 전전하며 몸집을 불렸다
힘깨나 쓰는 식구를 규합하여
결국 문파를 접수했다
자해공갈을 일삼고
몸을 팔아 얻어낸 인간승리였으며
눈물 없이는 볼 수 없는 대서사시였다
주술사들이 꼭 읽어야 할
막장 인생의 원전은 그렇게 완성되었다
고진감래나
권토중래
대기만성의 묵은지들은
백수의 수첩에 기록된 적도 없지만
먹방의 카메라 앞에서
시키면 자장면을 폭풍흡입하는
저 여자는 분명 바리鉢里다

기억의 고집[1]

간혹 파도 소리가 들린다
비 오는 날
곰팡이 꽃피는 눅눅한 다락방
어둑어둑한 손끝으로 만지던 얼굴의 홍조
뜨거워라 뜨거워라
입술 부비던
치자꽃 향기 너머
한 여자가 서 있다
서러움을 감추지 않는
팔월의 바다는 일어섰다 주저앉고
유리잔 같은 그리움이 바스러진다
감싸 안을수록 깊게 박히는
날 선 조각들 선홍의 피가
한 방울씩 한 방울씩
장미의 돌기를 키워내는데
스러져 날리는 꽃잎이 되는데
되짚어 돌아갈 길 없는
이 여름의 끝
야, 씨발놈아 씨발놈아
소리치는 파도 소리가 들린다

위그르의 수박가게

키오스크¹ 옆에 닭장 같은 낮은 울타리가 쳐 있다
우즈벡이나 어쩌면 아프간에서 실려 왔을
수박이나 딘냐²가 그 안에 계류 중이다
오줌보만 키운 꼴통들이 팅팅 불어 있다
포로를 심문하듯
콧수염을 기른 중년의 위그르가
대가리를 톡톡 건드리며 약을 올린다
익었냐? 잘 익었냐?
물집이 생긴 혹을 죽어라 들이대면서도
그놈들은 대꾸를 하지 않는다
뭔가 수상하다
명줄을 따버려 이미 죽은 목숨인데도
피고름 가득 채운 지독한 분노가
숨겨져 있는 것 같다
여차하면 확 터져버릴 것 같다
키오스크 옆에 닭장 같은 울타리
낮술에 젖은 콧수염의 위그르가
오줌을 내갈기는 곳
알고 보면 무서운 곳이다

1 Киоски, 노점의 판매대.
2 Ды́ня, 메론 참외.

배설론

담벼락에 오줌을 싸고 가는 놈이 있다
꼭 그 자리에만 싼다
지조 있는 놈이다
전에는 새벽 서너 시쯤 초인종을 누르고
달아나는 놈도 있었다 그놈보다
훨씬 인간적이다
사실 나도 방뇨 전과가 많다. 처음
올라온 서울이란 곳이 어쩜 그리 숭악한지
촌놈은 오줌 눌 데가 없다
어떻게 했냐고 묻지 마시라
오줌보가 터질 때까지 쥐고 있으란 말인가
얼마나 오래 나오고 많이 나오던지
바짓가랭이 젖는 줄도 몰랐다
담벼락에 오줌을 싸고 간 놈은
시원했을 것이다 부르르
쾌감을 느꼈을 것이다
포유류란 싸고 싶을 때 싸야지 건강하다
참으면 병이 된다
시간을 맞춰 지나가는 여자가 있다

오늘도 만나려나¹ 기다려지는 여자가 있다
노랑머리의 루스카야 제브시까
대학생 같기도 하고
회사원 같기도 하고
출근하는 것 같기도 하고
퇴근하는 것 같기도 하고
빵빵한 게
요의를 느낀다

---

1 김상희, 「대머리 총각」의 가삿말 중에서.

호두나무 연대기

봄이 왔나 싶더니
다시 눈이 쌓이고 추워지기 시작한다
몰상식한 세상이다
아이들은 물색없이 눈밭을 빠대고 나는
제법 쌓인 눈을 호두나무 밑에 밀어다 붙인다
호두나무는
지난 몇 년간 수없이 이런 수모를 당하며
죽지 않고 버텨왔다 죽기는커녕
이제 서서히 치부를 하기 시작했다 제법
돈을 모은 듯 퉁퉁하게 오른 뱃살
뻗대는 몸매도 볼만하고
법대로 해라 법대로
하늘을 향해 삿대질하는 손톱 끝에
연록의 매니큐어가 반질거린다
치부의 과정이 수상쩍은 호두나무
단단히 틀어쥔 속곳을 벗겨보고 싶은데
도무지 틈새가 보이지 않는다
저년이 언제 저렇게 컸나?

영웅시대

소머즈가 살던 시대가 있었다 그때는 영웅이 없었기 때문에 범지구적으로 영웅을 만들었다 그렇게 만들어진 소머즈는 얼굴도 예쁘고 몸매도 좋았다 손 힘도 세고 발도 빨랐다 듣지 못하는 말도 보지 못하는 불의도 다 알 수 있었다 그즈음 나는 소머즈와 육백만 불 사나이가 결혼하기를 기원했다 그 길만이 악당이 사라지고 이 땅의 평화가 이루어질 것이라 굳게 믿었다 그러나 소머즈는 결정적으로 아기집이 없었다 최고의 영웅을 생산하지 못하는 비극적인 결말 이후 영웅들은 계속 만들어졌지만 인류공영도 정의사회도 구현되지 않았다 결국 내가 나를 영웅으로 만들어보았지만 동네의 평화는 물론 나 자신도 지키지 못했다

영웅이란 귀 크고 팔이 긴 놈이 아니다 우리가 만들어낸 허망의 또 다른 이름 조까라 마이싱이다

소나무

살아남기 위해서는
구부러지고 비틀리고
바람 속으로
실없는 말을 퍼트린다
살아남기 위해서는
더 낮게 기어야 하고
꽁지 빠진 수탉마냥
푸른 잎새마저
뭉텅뭉텅 떨구어낸다
모르리라
마르고 비틀린 채
먼 산을 바라보지만
내 그대를
멀리한 것은 아니다

선악과에 대하여

사과가 많아서 알마티 그래서
대구와 자매결연을 맺었다
대구에서는 능금이고
알마티에서는 아포르트
이제 대구에도 알마티에도
사과나무는 없다
지구가 멸망해도 사과나무를 심겠다는
사람들이 다 죽었기 때문이다
마당에 있는 저것은 유일한 사과나무다
아직 토템의 영역에 들어가지 못했다
봄이면 흰 꽃을 피우고
여름이면 몸을 흔들어서 적과를 한다
소녀처럼 빨갛게 볼을 붉히고
고개 숙여 익는다
그럼에도 불구하고 아무도
사과를 탐하지 않는다
예쁘지만 먹지 못하는
우리들의 늙은
업보

배달되는 봄

새들이 북쪽으로 날아간다
파미르 밑으로 흐르는 기압골이
온기를 머금었다는 보도 때문이다
새들은 미련을 만들지 않는다
툭툭
날아가는 새들의 주검이 떨어지고
떨어진 자리에는 꽃도 피지 않는다
교차로마다 차들이 늘어선다
가야 할 곳이 있다고
만나야 할 사람이 있다고
통성기도를 마치고 온 바람이 울고 있다
그러하냐
봄은 오는 것이 아니고 배달되는 것
고화질의 수신기들이
새를 날리고
죽어라 꽃을 피워낸다
사람들은 어느새 찬송가를 잊어버린다
옳다구나 예레미야여
장 지팡이로 가증의 뒤통수를 때려주소서

우화의 세계

티무르가 절름발이였다는 것은
다들 아는 사실인데
호모 소비에티쿠스[1]들은
그것이 궁금하여 관 뚜껑을 열었다
내가 무덤을 나올 때 큰 재앙이 있으리라
놈들은 주정뱅이라서
돌 위에 적힌 글을 읽지 못했다
검은 석판이 치워지자
흰 연기가 솟구치고
울려 나오는 티무르의 웃음소리
전쟁은 그렇게 시작되었다
불행은 호기심에서 출발하고
납땜을 한 역사는 봉인되지 않는다
초원에서 먼지바람이 피어오른다면
엎드려 목숨을 구걸하라
절름발이 티무르다

1 Homo Sovieticus, 소비에트 시절 권위주의적인 정권에 순응하는 인간을 지칭한다. 1982년 알렉산드르 지노비예프의 동명소설에서 차용된 용어이다.

하렘을 찾아서

벨루가[1]를 열 병 마시면
한 병을 준다고
밤새 술을 마셨다
철갑상어 금빛 라벨을
열 개 모으면
금발의 하렘을 열어준다고
ㅎ ㅎ ㅎ

[1] Белуга, 가장 높은 등급의 철갑상어 알. 여기서는 조금 비싼 보드카의 이름.

사막의 꿈

사막에 가고 싶다
목마른 사람을 만나고 싶다

스프라이트 한 병으로는
해갈할 수 없는 세계를 만나고 싶다

사막에 가지 못해
부르지 못하는 사막의 노래

크즐꿈과 카라꿈¹의 경계 사이에
내 꿈은 멈춰 서 있다

---

1 Қарақұм, Қызылқұм, 중앙아시아의 남쪽 모래사막으로 검은 사
막과 붉은 사막이라는 의미.

톈산에서의 실존을 위하여

홍용희(문학평론가)

　　최석의 시집 『톈산 산맥 아래에서』는 "톈산의 발치에 앉
아" "오랜 밤을 견딘 기억들"(『자서』)을 꾹꾹 눌러 적은 비망
록이다. 우리 시사에서 생경한 톈산 산맥이란 어디인가?
톈산 산맥은 톈산天山이란 범상치 않은 이름에서 느껴지듯
중국의 신장웨이우얼 자치구와 키르기스스탄, 우즈베키스
탄, 카자흐스탄의 4개국에 걸쳐 있으며 동서의 길이가 2500
Km이며 최고봉이 7435m에 이르는 전설처럼 장엄한 산맥이
다. 봉우리가 만년설에 뒤덮여 있다고 해서 바이산白山 또는
쉐산雪山이라고 부르기도 한다. 최석은 이처럼 "하늘을 탐
하는"(『톈산 산맥』) "톈산의 발치"에 위치한 카자흐스탄 알마티
에서 "광야가 비어가니 곧 겨울이 올 것"을 예감하며 자신의
실존을 증언하고 있다. 그가 증언하는 카자흐스탄 고려인

디아스포라는 자신의 직접적인 체험과 스탈린 소수민족 강제 이주 정책에 의해 시작된 민족적 체험이 동시적, 연속적으로 전개된다. 그는 중앙아시아 고려인 디아스포라의 개인사와 민족사에 걸친 삶의 지층을 동시에 보여주고 있다.

그렇다면, 먼저 그에게 톈산은 무엇이며 카자흐스탄의 삶은 또한 어떤 것인가? 다음 시편은 이점을 명징하게 전언하고 있다.

톈산은 늘 거기 있었지만 내게는 보이지 않는다
일 년 내내 한텡그리 봉은 흰 눈을 건처럼
두르고 있지만 보이지 않는다
사는 것이 뭔지
고개를 숙인 채 인상만 찡그린다
검색어만으로 접선이 완료되는 인터넷의 대낮에
두고 온 한국의 친인척과 연고가
끊어지고 있는 사이
끊고 있는 사이
딸과 아들은 유창한 러시아어를 구사하며
국적 없는 세계화의 꿈나무로 자라고
노린내 나는 양고기를 주식처럼 좋아한다
불확실한 미래
아이들에겐 조국이 없다
국적조차 모호하다

비닐봉지에 담긴 김치 한 보시기에

쉬어 꼬부라진 향수병이나 도지는

알마티의 저녁

석양은 지평선 끝에 닿지도 않고

장엄하게 벌개지는데

눈만 들면 보이는 톈산의 뭇 봉들이

오늘도 보이지 않는다

내가 보이지 않는다

— 「서시」 전문

    카자흐스탄 알마티 디아스포라의 체험적 삶이 개진되고 있다. "톈산은 늘 거기 있었지만 내게는 보이지 않는다". "내게" "톈산"은 있으면서도 없는 산이다. 이러한 역설이 성립될 수 있는 연유는 무엇일까? 그것은 "사는 것"에 함몰되어 "톈산"을 자각적인 감상의 대상으로 바라본 적이 없었던 것이다. 그는 현지 삶의 적응을 위해 몰두해야만 했다. 그래서 "딸과 아들은 유창한 러시아어를 구사"하고 "노린내 나는 양고기를 주식처럼 좋아"할 수 있게 되었다. 그러나 그와 그의 가족들이 현지인이 될 수 있는 것은 아니었다. "국적조차 모호"하고 "김치 한 보시기에/ 쉬어 꼬부라진 향수병이나 도"질 뿐이다. 현지 적응의 노력이 고향 망각의 과정으로 이어질 수는 없었기 때문이다. "향수병이 도"질수록 일에 몰입했고 일에 몰입할수록 "향수병"은 도졌으리라. "눈만 들면 보이는 톈산의 뭇 봉들

이/ 오늘도 보이지 않는다". "톈산" 아래에서도 정작 "톈산"을
보지 못하는 바쁜 일상이 반복될 수밖에 없다.

   그러나 여전히 현지에서의 삶의 "더께"는 더해지지 않는
다. 늘 주변 일상이 처음처럼 낯설고 새롭다.

   나는 언제나 낯설다
   오래 살아도 삶에 더께가 끼지 않는다
   인간들이 낯설고 땅이 낯설다
   냄새가 낯설고 맛이 낯설다
   체위가 낯설고 오르가슴이 낯설다
   낯설음은 불안함이고
   낯설음은 극단적 선택을 강요한다
   끝내 아내가 낯설고
   내가 낯설다
   낯설음에 대한 익숙함
   그것은 삶의 더께가 아니고 관성일 뿐이다
   물이 끓고 있다
   주전자 속에서 달아나려 하는
   수많은 세월의 미립자들, 하모니카
   소리를 내며 몰려나오는 수증기처럼
   간혹 깨끗이 증발해버렸으면 싶다
   허옇게 둘러붙은 석회 앙금
   박박 문질러도 지워지지 않는데

그것이 내 삶의 더께일까?

—「더께에 대하여」 부분

"오래 살아도 삶의 더께가 끼지 않는다" 세월이 가도 세월의 "더께"가 점차 두터워지지 못한다. 그래서 알마티에서의 삶은 항상 새롭고 낯설기만 하다. "낯설음은 불안함"을 가져온다. "끝내 아내가 낯설고/ 내가 낯설"게 느껴지는 심리적 이상 현상에 시달리기도 한다. "낯설음"도 익숙해지면 그 나름의 "더께"가 쌓이지 않을까? 여기에 대해 화자는 "그것은 삶의 더께가 아니고 관성일 뿐이다"라고 말한다. 끓는 "주전자 속에서 달아나려 하는" "수증기"처럼 "간혹 깨끗이 증발해버렸으면 싶다." 현지에 동화되지 못하는 일상성에 대한 내적 토로이다.

그렇다면, 그가 이처럼 현지에 동화되지 못하는 근본 원인은 무엇인가? 그것은 그의 삶의 원형심상에 해당하는 유년기의 고향에 대한 강한 향수가 가로막고 있기 때문이다.

잠자리를 쫓는 것도
흙장난도 시들해지는 저물녘
뒷집에선 저녁연기 잦아들고
나직한 토장국 냄새
담을 넘어오는데
싸하니 횟배가 아프다

어머니는 언제나 돌아올까?

자꾸만 까치발로 내다보는 들길

저녁해는 먹다 버린

가지 꽁다리만큼도 안 남았다

땅거미에 젖어드는 빈집

기다림에 지쳐 설핏 잠이 든다

어머니 밥 짓는 소리

초저녁 별이 뜨고 있다

—「여름날」 부분

　　전체적인 시적 정조가 정겹고 친숙하다. "저녁연기/ 토장국 냄새/ 어머니/ 들길/ 밥 짓는 소리" 등이 어우러져 농촌의 전형적인 목가적인 풍경을 그리고 있다. 시적 화자의 원형 공간으로서 유년기의 고향이다. 시적 화자는 "톈산 발치" 알마티에서 자기도 모르게 "무성하던 어린 날 들녘으로 돌아가"(「개떡」)곤 했던 것이다. 그곳에서 "거무튀튀하고 못생긴 쑥개떡/ 어머니의 뭉그러진 지문이 남아 있는 쑥개떡"(「개떡」)을 먹고 싶어 하고 있는 것이다. 그의 삶의 원형질을 이루는 것은 "토장국 냄새"이고 "들길"의 풍경이다.

　　물론 이러한 적응과 향수의 길항 관계는 비단 카자흐스탄만이 아니라 전 세계 디아스포라의 공통된 정서적 특성일 수 있을 것이다. 그러나 우리에게 카자흐스탄 디아스포라는 좀 더 각별한 관심을 유발시킨다. 카자흐스탄은 중앙아

시아 고려인 디아스포라의 참혹한 기원의 역사가 깊이 각인
되어 있는 곳이기 때문이다.

> 중앙아시아에서는 스스로 고려인이라 부른다
> 그들에게는 조국이 없다
> 없어져버렸다
> 원동遠東에서 기차에 실려
> 화물칸에 실려
> 뾰족한 송곳처럼 서서
> 분노를 세우고
> 공포를 세우고
> 도착지도 모른 채 뿌려진 곳
> 중앙아시아 눈이 부신 햇살 아래 펼쳐진
> 소금꽃 핀 광야를 보며
> 눈물을 흘렸다는 곳
> 아직도 그들이 산다
> 두더지처럼 땅굴을 파고 살던 그들이
> 이제는 번듯한 집에서 산다
>
> ─「고려인을 위하여」 부분

우리에게 카자흐스탄이란 무엇인가? 바로 고려인의 참
혹한 삶의 내력이 생생하게 배어 있는 곳이다. 스탈린은
1937년부터 1939년까지 원동을 중심으로 한 연해주에 거

주하던 조선인들을 일본군에 가담할 우려가 있다는 명목으로 강제 이주시킨다. 무려 18만여 명의 조선인이 화물이나 가축을 운반하던 열차에 "뾰족한 송곳처럼" 실린 채 중앙아시아 벌판으로 이송되었다. 이때 수많은 조선인들이 추위와 굶주림에 시달리다 한 많은 목숨을 잃기도 했다. 살아남은 고려인들은 불모지에 맨손으로 "두더지처럼 땅굴을 파"서 거처를 삼은 채, 갈대를 뽑고 땅을 일구며 삶의 터전을 마련해나갔다. 구소련은 강제 이주의 역사를 금기어로 삼으면서 고려인들을 감시하고 탄압했다. 그래서 이를테면, "허리 굽은 강태수"(『새참』)의 경우, 시 한 편으로 21년간 수용소에서 노동에 복무하는 고통을 당하기도 한다. 구소련이 해체되면서 이와 같은 고려인 디아스포라의 삶의 내력이 점차 드러날 수 있었다.

> 고려인 인명 자료를 뒤적이다 만난 사람
> 강제 이주의 열차를 타고 서쪽으로
> 서쪽으로 36일을 달려와
> 흰 눈밭에 빨간 피를 한 움큼 뱉어낸 사람
> 추웠다던 그 겨울
> 잘 먹어야 낫는 구멍 난 폐 덩어리를 품으며
>
> ─「마경준 동무를 곡함」 부분

> 우슈토베의 농법은 진보하지 않는다

한때는 레닌의 이름을 붙였던 꼴호즈 언저리에

김해나 경주쯤이 본관이었을 김 가이가

씨를 덮는다 고집도 없이

밋밋한 사람처럼

땅을 헤집고 씨앗을 덮는다

동쪽의 끝에서 기차를 타고 왔을 흑역사를

덮고 또 덮어서 싹을 틔운다

—「김 가이의 봄」부분

"추웠다던 그 겨울", "흰 눈발에 빨간 피를 한 움큼 뱉어"
내며 "잘 먹어야 낫는 구멍 난 폐 덩어리를 품"고 생사를 오
가던 사람들에 대한 기록이다. "36일"이나 이어진 "강제 이
주의 열차"에서 내팽겨쳐졌을 때 그들을 맞이한 것은 낯선
땅의 살인적인 추위와 굶주림이었다. 삶과 죽음이 교차하
는 극한의 지점이 고려인 디아스포라 삶의 원점이다.

고려인들은 이 극한의 지점에서 기적처럼 삶의 터전을 마
련해나간다. 해마다 "땅을 헤집고 씨앗을 덮는다". 이것은
"동쪽의 끝에서 기차를 타고 왔을 흑역사를/ 덮고 또 덮어
서 싹을 틔"워내는 절박한 원한과 생존의 역사이다. 고려인
디아스포라의 삶의 내력은 참혹한 "흑역사"를 망각하고 극
복하기 위한 처절한 자기 고투의 현장이었던 것이다. 이제
초창기 고려인 후손들은 "원동遠東을 그리며 죽었다" "그들
의 자식 자식의 자식들이 살아간다/ 동해물과 백두산을 모

르고도 살아간다/ 그들의 조국은 카자흐스탄이고 우즈베키스탄이다"(『고려인을 위하여』)

따라서 최석의 현지 적응의 가능성은 고려인 디아스포라 후손과의 정서적 연대의 방법론과 연관된다.

> 고려인 통역 아줌마와 함께
>
> 흘레브를 먹는다
>
> 한민족의 근현대사를 먹는다
>
> 그녀는 떡을 먹는 것이고
>
> 나는 빵을 먹는다
>
> 그녀는 고기에 곁들여 먹고
>
> 나는 김치를 얹어서 먹고
>
> 그녀는 일용할 양식을 먹고
>
> 나는 대용식을 먹는다
>
> 바라보며 멋쩍게 웃는다
>
> 같은 피를 가졌어도
>
> 서로 신토불이다
>
> ― 「해방 60주년의 점심 식사」 부분

"고려인 통역 아줌마"와 화자는 물론 "같은 피를" 가진 한민족의 후손이다. 그래서 서로 "바라보며 멋쩍게 웃는다". 서로 닮은 것에 대한 반가움이다. 그러나 또한 서로 다르다. "고려인 통역 아줌마"는 카자흐스탄에 완전히 동화된 고려인이다. "함께/ 흘레브를 먹는다". 그녀에게 "떡"이고 내게는 "빵"이다. "그녀는 고기에 곁들여 먹고/ 나는 김치를 얹어서 먹는다". 그녀에게는 "일용할 양식"이고 내게는 "대용식"이다. "같은 피를 가졌"어도 서로 다른 이 차이를 무엇이라고 규정할 수 있을까? 이에 대해 시적 화자는 "한민족의 근현대사"라고 규정한다. 기본적으로 일제 강점기의 역사가 만들어놓은 비극인 것이다.

이렇게 보면, 화자의 현지 적응의 방법론은 서로 다른 차이를 인정하면서 점차 공존과 통합을 모색하는 것이다. 실제로 그의 삶은 이제 "톈산에서 만나는 동해 바다"(「톈산에서 만나는 동해 바다」)와 같은 이중적 공존과 합일의 길을 지향한다.

　　　된장국을 끓인다
　　　알마티의 애호박과 타쉬겐트에서 실어온 감자
　　　남해 바다 멸치에 고려인 된장을 넣어 끓인
　　　애매모호한 국물 끓일수록
　　　진해지는 한민족의 눈물처럼
　　　몸속 깊숙이 된장의 냄새가 난다
　　　　　　　　　　　　　　　　　　　　　—「하여가」 부분

　　　보성차가 끓는다
　　　구중구포의 숨결이 부대끼며 끓는다
　　　톈산 북로의 말 울음소리와

결기 푸른 대숲의 바람 소리를

교접하려는 단꿈이

혼자서

끓는다

　　　　　　　　　　　　　—「차를 마시며」 부분

　"알마티의 애호박과 타쉬겐트에서 실어온 감자/ 남해 바다 멸치에 고려인 된장을 넣어 끓인/ 애매모호한 국물"을 만들어 먹는 것에서부터 현지 적응과 수용의 방법론이 열린다. 서로 다른 삶의 양식과 문화를 인정하면서 동시에 그 공존과 통합을 시도하고 있다. "한국 로봇을 가지고 러시아 말로" 노는 아이처럼 미리 "틀을 만들지"(「고슴도치」) 않고 서로 엇섞이는 열린 자세가 중요하다는 것이다. 이와 같이 양가적 가치의 통합을 지향할 때 "보성차가 끓는" 소리와 "톈산 북로의 말 울음소리"가 "교접하"는 "단꿈"을 꾸기도 한다. 적응과 향수는 서로 대척적인 관계가 아니라 상호보완과 합일의 관계일 수도 있다는 자각이다.

아버지가 녹슨 라이터를 닦고 있다

몰골이 많이 상한 라이터

Zippon도 아니고

Zippon이라고 음각되어 있다

논에서 김을 매다가 잃어버린 라이터

(중략)

어느
봄날
일리 강을 따라가는 묵은 길가에서 만나다
붉은 꽃 푸른 꽃
노랗고도 하얀 꽃
Zippon 꽃들
지천이다

—「꽃이 피다」부분

1연에서는 아버지에 대한 정겨운 추억이 기본 정조를 이루고 있다. 아버지가 "논에서 김을 매다가 잃"었다가 찾았던 "라이터"를 떠올린다. 그것의 이름은 "Zippon"이었다. 그 "Zippon"을 카자흐스탄 "일리 강을 따라 가는 묵은 길가에" 핀 꽃 이름에서 만난다. "Zippon 꽃들/ 지천이다". 카자흐스탄에서 만나는 고국에 대한 향수의 세계이다. "나는 언제나 낯설다/ 오래 살아도 삶에 더께가 끼지 않는다/ 인간들이 낯설고 땅이 낯설다/ 냄새가 낯설고 맛이 낯설다"(「더께에 대하여」)고 하소연하던 시적 정서와는 사뭇 다른 면모이다. 적응과 향수의 양가적 감정은 충돌만하는 것이 아니라 이와 같이 서로 합일되기도 한다. 특히 다음과 같이 인간의 죽음에 관한 숙명 앞에서는 더욱 깊은 근원적 동질성을 느끼게 된다.

내 딸애의 입속에 피클을 넣어주던

오 갈리나 니꼴라이나

그녀가 빚은 상큼한 향기

아삭한 피클을 먹을 수 없음에

다시 먹을 수 없음에

눈시울이 시큰하다

―「맛있는 피클」부분

친했던 고려인의 하관을 마치고 온 후로

부룬다이 모래 한 점 섞이지 않은

대지의 속살을 만지고 난 후로

문득 이곳에 뼈를 묻을 것 같은 예감이 든다

―「부룬다이 가는 길」부분

죽음과 연관되어서는 카자흐스탄의 현지인 "갈리나 니꼴
라이나"나 "고려인"이나 동일한 존재론적 특성을 드러낸다.
그리고 이들의 죽음 앞에서 화자는 어느새 자신의 내적 본
령을 직시하게 된다. 디아스포라의 불안과 고독과 절망 속
에서 만나는 자신의 실존의 초상이다. "부룬다이"에서 만지
는 "대지의 속살"이란 이미 민족과 지역의 경계 이전의 근
원 심상에 해당한다. 그리고 "문득 이곳에 뼈를 묻을 것 같
은 예감"이란 스스로 카자흐스탄 고려인 디아스포라의 삶
을 숙명적으로 승인하고 수용하는 면모로 읽힌다. 고려인

디아스포라의 기원의 역사와 자신의 현존재의 한계상황을 회억하고 견디면서 다가가는 인간의 보편적인 본질적 존재에 대한 인식이다.

여기에 이르면, 최석의 시집『톈산 산맥 아래에서』는 "톈산의 발치에 앉아" "존재한다는 것은 만만하지 않다"(「자서」)는 것을 민족사적 층위와 개인사적 층위에서 동시에 살고 인식하고 노래한 기록물이라고 좀 더 분명하게 말할 수 있다. 그의 시세계로 인해 우리 시사의 지도에서 "톈산 산맥"이 고려인 디아스포라의 삶의 내력과 함께 선명한 목소리를 지니게 되었다.